符籙

Furoku

Hashimoto
Sunao

橋本直

左右社

符籙

目次

句集 符籙

貂の眼を得て雪野より起き上がる

雪原を踏む鍵盤を鳴らすごと

榾の火はしづかにつなぐ初時雨
炭の火の着かず自問のとどまらず

瑠璃色の夜の雪から女の手

戸隠にあそばれてるる雪七色

馬の目の高さで歩く雪の森

スノーシューー止めて森の音始まる

雪国へ踏み出す先の猫柳

寒明のかみ砕かれて鳥の羽

爪の主眠る固雪踏みしめる

固雪や食はれぬままの山ぶだう

君はもういい魂は春雪野

一畳のポスターに画鋲冬はじまる

新しき冷えの来てをり書架の底

延々と冷え鉄道近代史年表

白息や一度逸らしてから見つむ

桃青忌ラーメン鉢の底に龍

地下街の受付嬢の冷えてゐる

「どん底」の画看板ある冬の街

悉皆の事情はマトリョーシカへ寒

非常口女のコートかけてあり

セーターの女の形して残る

冬の日の寺に修羅場を見てゐたり

漱石の頭はでかし冬帽も

君目覚めるまで冬林檎煮てをりぬ

昌平坂しづかに歩く開戦日

聖樹いつも星に吸はれてゐる形

生牡蠣をまの口で待つ人妻よ

占ひに悪意風邪かもしれぬ
リベルタンゴ流れる雪の相模原

古汽車の丹塗り恐ろし霜の月

人質の声淡々と記憶より、極月

ノーサイド見て寒鰤の腹さばく

日脚伸ぶ改訂版に絶滅種

立春の少し足りないマヨネーズ

梅の香やしらじらと地衣蘚苔類

余寒より女将干物を抜いて来る

ゆつたりとレジ打つ春の薬剤師

熊蜂のはばたき風に間にあはず

雨宿り遅れて蜂のとまり来る

蝶の腹やはらかやはらか中年よ

馬の血を吸ひ終へて虻重さうに

春雷を笑ふ花屋よ花を剪り

阿弗利加の男が叩く春が舞ふ

暖かやおかずに醬油しみてる
アンダーラインの折り目正しき大試験

北窓開く貰つた時計の置きどころ

酸味濃きコーヒーを買ふ万愚節

コーヒーが冷めてワインが来て朧
遠足のまたも時代を間違へる

ゆく春や鉄骨にあるメッセージ

東京の凸と凹とに新緑

だぶだぶの老猫新緑の森へ

芍薬や男ばかりの庭いぢり

卯の花腐しバルの自転車は宙吊り

厚切りの尾より喰ひだす初鰹

音消して初鰹喰ふ画像かな

麦の秋家の形の麦畑

耳栓のよく耳に合ふ聖五月

千鳥ヶ淵の底へ暑さの吸はれ石

銀塩のフィルムに河童夏痩せの
お前に惚れたなんて鰻に言ってみる

文明堂の看板抱へ青蛙

泣き顔の不細工である金魚買ふ

豪邸の丹念にとる毛虫かな

出目金の存在悪や市帰り

ふだらくのあかりへあめりかしろひとり

深川や集まる人に泳ぐ蛇

ネクタイの柄槍と盾熱帯魚

蚊を叩き下手な芝居を打っておく

蚊の痕を四角に変へてゆく遊び

美しき味方の汗をふいてやる

簡単に恋するかなぶんを投げる
いつまでも怒らぬ人やかき氷

江戸城の蜜吸ひにゆく黒揚羽

すちやらかにおちやらかのきて氷店

あざらしの一人ターンの涼しさよ

夏薊妻に万年筆を買ふ

糸瓜棚より子規の絵の夏空

私に注文多し夏料理

永劫の迷子のための生麦酒

始まれば止める術なき祭かな

スリッパの後ろ踏む奴瓶ビール

ノート書くやうに冷奴を食べる

よく冷えて幽霊水母来てゐたり

空蟬やコルクボードに締切日

夏休みアナウンサーが舌を出す

良きシャツを着て男等の花火かな

日盛のこけしの首の現るる

人飛ぶにふさはしき風秋に入る

宦官の笑む顔に似て桃の種

震災忌人の時計の気になつて

涼新たケーキに厚きチョコレート

螽蟖向かうで人が死ぬテレビ

東京都多摩市啄木鳥来てつつく

正露丸の箱落ちてゐる真葛原

どちらにも秋草まがりゆく牛車

生殖の済んで蟷螂身構へる

鶏頭花笑つて鼻血吹き出す児

十六夜のタクシー並ぶ亀の如く

オルガンのなくて台風くる都

聖堂のほとんど黒し鴨渡る

獺祭忌妻にカンナを買つてゆく

寝転んで日向で殺す秋の蟻

葬送の余白をよぎる秋の蝶

君ずつと笑ひ顔なり秋の海

唐辛子国に逆らふ話する

百舌叫び鋭き山本美香忌なり

薔薇の実の雨の中なる甲斐の国

檸檬一つ怒れる男に渡しおく

新宿花園熊手組合新酒酌む

鳥渡る殿下の足は内を向き

あめつちのつの字の口を秋刀魚

長椅子の両端ハロウィンの子供

銃声で終はる映画や檸檬切る

土神の祠に沿ふて大根干す

白鳥ののんのんと吸ふパンのみみ

白樺の集まる光風花す

北上は白鳥の道宇宙ひらく

春泥を泳ぐ東北の零度ばかり

乗せられし馬の行く末樺の花

土台ばかりを兄貴の家と言ふ蝶よ

フクシマ忌魚は目玉をあけて寝る

綿入れを知らぬ生徒ら「故郷」読む

日曜の日脚が伸びてゐる机

いくつかの言語の咳の響きけり

燗酒に手をかけて寝てをられけり

茶碗蒸し寝てゐるやうで寝てゐない

書き物を終へぬ魂魄秋扇

頬杖と思へば動く秋扇

枝豆の時折苦し先生も

学生の明るさ暗さ雁来紅

行進が昭和のふりする体育祭

郷土史に獺滅ぶ冬の波

猪の身籠もり廃船は陸に

耀果ててゆくところなき撞木鮫

鮫の歯を目を背を腹を見て触れる

凍星の端を大魚の跳ね上がる

これほどに冬の蠅ある市場の死

冬海の夢に父目をあけをるか

黒髪に霜結ぶまで海に向く

父または荒星を指す海の民

四つ辻は悲しむところ鬼やらひ

声大きく夏草が少年の海

四国とは背伸びの子象風すずし

井守消え寂しき町となりにけり

明易し船の沖より船の声

椎の葉の青々として母の宿

夏の果て赤燈台の倒されて

敗戦忌生きてる父も無口であり

新造船へ木橋一本秋の風

タイ・カンボジア十二句

幾らでもバナナの積めるオートバイ

釈迦の足螺鈿にうまる涼しさよ

泥の河遡る船御器嚙り

陽へ暑き廃寺の塔の傾ける

木を埋もれ仏の顔の下の蟻
スコールと神の石像踊るなり

首のない仏野ざらし汗もなし

弾痕の穴のつめたき遺跡かな

夏の影からインドの歌響き
象使ひ午睡をしたり象もまた

雨季蟬は優しく鳴くですとBON氏

声あげて遺跡の堀に飛び込む子

韓国春川六句

唐辛子干す北緯三十七度線

アジュマはイチ、ニと梨と笑顔くれ

秋の田や手で刈る学生奉仕団

ハルモニの後ろ手に立つてゐて野分

金さんの祖は騎馬の民月に歩み

スチームのきかぬ大陸旧校舎

フィリピン紀行二十七句

無造作に豚運ばれてゆく炎暑

要塞に子猫ののぼる椰子の花

老同胞裸足きたなしかしづく妻

熱帯や聖者は薄き玻璃の中

市場血なまぐさしわが裸足もまた

バレテ峠

フィリピンの冷たい風の死ぬところ

瀧の張る棚田（バナウェ・ライステラス）の水の高さかな

朝影の死の遠くある頭蓋骨

この国も水を争ふ辻に花

檳榔の休日見知ること多少

干し物の吊してあれば乾くなり

セブ島

祝婚の島の宴や潮招

八月の夢の男はよく沈む
海蛇の上りたさうに浮いてくる

泳ぎつつ夫婦挨拶して沖へ

星連れて甚平鮫の来てゐたる

ガラス器の碧の中の藪蚊かな

よく鳴いて浜に集まる夜の守宮

海蛇の這ふ冷たさの来て九月

点々と野火の煙のあがるのみ

南方（マニラ）に初花火あり火薬なり

スコールに緩急の音船が出る

かき氷日本を捨てる話して

耳意味を迎へにゆきて市の蟬

根を呑みて自己言及のなき木蔭

慰霊碑（カリラヤ）の真白き遺憾恒信風

南洋に虹じゃんけんの一万年

魚釣りの子らもいつかは魚となり

渤海の民より瓶の流れ着く

表札の外されし船のやうな家

夜がきて青が青であることを洗ふ

天動説の夕暮れは真三角

虹色の鉛筆もらふ鉛筆は美し

詩を探す旅に出るふり耕耘機

弓状に神々潜み居る雲母

海あるいは硝子の舟の沈むまで

液体の中や兎の目の時間

原子炉をヒョウタンツギと思ひけり

心臓の綺麗な魚東京忌

紙の桃切ればでてくる戦神

鳶高むまことに陸は悲しとや

狩られる豚埋められる豚平成終はる

勾玉は胎児の形鳥渡る

色鳥はみな猩々の飲みのこし

蜥蜴の記憶と会話する夜長

蜻蛉のなんの地獄をみてきた眼

海の腑の真ん中あたり真葛原

天までは昇れぬ蔦を飼ひにけり

月の国失着ばかり月は美し

鹿の眼の鏡のやうに月の海

手つかずといふは恐ろし秋の海

美形の着ぐるみよりありの実

秋の蝶言葉の中で死んでゐる

階段に人のかたちの秋がゐる

獺祭忌知性理性を枢機とす

たましひに遅れて杖の行く秋の

月天心古代金貨に表裏

乾坤の裂け目をのぞく芭蕉かな

流燈や金の文明みな滅ぶ

残暑といふ四角い枠の抽象画

ペンギンのゐない八月十五日

八月の読書へ鳩の滑り込む

敗戦忌まじめな舌と生きてゐる

子をなさぬ鈴虫の鳴く籠の中

匣にゐて櫝の大きさ螽蟖

死者も我がうちなる異客秋の蟬

河童忌を犬の顔して過ごすなり

薬指小指についてくる晩夏

金銀の斧と寝てゐる夜の秋

夏椿妻の匂ひを消して来る

飛び魚の目の玉ぎよろりモンロー忌

蟬あるくみるみる暗くなる棒を

螢なら自分の舟を持つてゐる

一人だけ話せる言語桜桃忌

文学にデスマスクある涼しさよ

梅雨寒へ暗い仕事を棄ててくる

空豆は食べないピタゴラス学派

杉落葉昔鯨の目をみたか

朴散華無限に割れてゆく色相

情念と時間に於いて蛇苺

筍は泥を払へと猫がいふ

地球儀の日本真ん中蘇芳色

交るほど鯉ら異界に投げ出す身

仏像を抱ふる軽さ春惜しむ

されど我が肺の蒼さへ濃山吹

山藤は嚙みつく形道祖神

蛇穴をいでて隣家の妻を訪ふ

燕飛ぶ石の記憶に入るまで

白酒や羽毛の軌道追ふ羽毛

悪党に生まれて死んで雛あそび

美しき叙事詩携へ鳥帰る

誓子忌のさざ波に骨透けてゐる

海嶺に次の人類眠る春

亀が鳴く文民のよく狎れてゐて

どの靴も蝶踏んでくる新宿駅

あやとりのやうに間違ふ長閑さよ

キュビズムの液晶に解く春愁ひ

悼金子兜太

撃壌蓋し自由あるべしおほいぬのふぐり

菜の花忌ゆるゆると来る氷点下

猩々緋北極光のうつすらと

水仙に消えた時間がおいてある

たましひの虚ろなる膜寒卵

星凍てて龍悶ゆるに似てゐたる

狂はぬやう冷たい時計嵌めておく

冬銀河僕は修正液流す

冬帝の目玉を焼けば大きからむ

抽斗に見知らぬ薬神の留守

手よ狐火を匿むガラスを吹くよ

旅の神赤塚不二夫に似て詩人

ウインドウにドーナッツばかり神の旅

死角よりふつと狼あらはるる

アンカーマン初笑ひして次へ

初相場およそ東京つまらなし

ふらんすをんなの研究初鏡

弾圧虐殺粛正抑圧なきことを願ふ初詣

牛の日の牛の売られてゐるところ

初御空大きな穴の一つあく

淑気満つ帆のごとくある数へ年

新妻の鼻のびてゆく大旦

陽の生るる峡御降の生るる峡

水平にいいちこの瓶去年今年

元日やあまたの猫は人の顔

田園の絶対をもてあます

自跋

過去の作品より二九三句を選びこの句集を編み、「符籙」と題す。ただし、本句集中にこの「符籙」を直接の題として詠んだ句はない。また、著者の名が記されているが、配列された句を読む場となるこの本の、それら句群の読みを統轄するような個人がこの名のもとにあらかじめ立ち現れるわけではないだろう。句が読まれる場にいるのは、わたし／あなたではなく、わたし／あなた、でなくはないようなものであり、むしろ著者とその名で編まれた句のありようは、詠まれたものが読まれることで積極的に変容するようなものと考える。

符籙とは、「道家の秘文」で「未来の予言書」のことだと辞書にはある。一説には、この符籙を持つ道士は、天界とコミュニケーションが可能となり、天の力を用いて病魔を封じるなど、様々な能力を持つともいう。言わば符籙とは、本来人の力の及ばぬ崇高なものと人間界との間を媒介し、人に天の力を付与するものだ。それは古代における文字観そのものではないかという気もするが、実際に道家の文献資料上で「符籙」として載る図像は、その道家が一定の型のもとに拵えた、世俗の現世利益を求めるお札の数々である。この、同じ言葉で呼ばれるものの指示内容の振幅を面白いと思う。さらに言えば、「符」も「籙」も、もともとは人の使う実用品をさしたものが、やがて「予言」という意味を創作されるに至った文字であり、符籙の意味はそれと連動しよう。これもまた面白い。私たちは、現代の割り符や文箙に相当する道具の中から、未来への手触りを感じとることがあるだろうか。

ところで、個人句集とはどのようなものなのだろう。日々多くの個人句集が出版され、個人詩集や歌集、小説などと変わらない文芸書の一つとされているように見えるけれども、明治時代の個人句集の出で来はじめを眺めるとき、西洋由来の「文学」として現れた詩集や小説と句集は同じではなく、それは今や見えにくくなっている。明治二十二年、北村透谷によって詩集『楚囚之歌』が出版され、以後、与謝野鉄幹の歌集『東西南北』、島崎藤村の詩集『若菜集』、土井晩翠の詩集『天地有情』、与謝野晶子の歌集『みだれ髪』と、明治二十年代から三十年代前半までの間に、日本近代文学に名を残す個人の詩集や歌集が続々と出版されたにもかかわらず、この間、いわゆる新派の個人句集の出版はない。個人句集の初めは、明治三十五年の正岡子規『獺祭書屋俳句帖抄上巻』（高濱清編）で、透谷の最初の詩集から十三年も遅れている。明治年間ではこの後松瀬青々『青々句集　妻木』、岡本癖三酔『癖三酔句集』、高濱虚子『稿本虚子句集』（今村一声編）、高田蝶衣『蝶衣句集　島舟』（中野三允編）と続くのだが、面白いのは、これら明治の初期個人句集の共通する特徴が、著者や編者らが口をそろえ、個人句集は本来出すものではないということを前提に、言い訳のように出版の理由をあれこれと序文で述べ立てていることである。『俳諧大要』で「俳句は文学の一部なり」と高らかに宣言した子規からしてこうだ。

〈昔から自分の詩集とか歌集とか又は俳句の集とかを選ぶといふ事は非常にむつかしい事になつてをつて志那や日本では自選の集を出版した人は少ない。（中略）俳句のやり始めの少しく趣味がわかつたといふやうな時代には向ふ意気が強いのでおのづと自分の句集を出版して見たいといふやうな考へは勃々として起つて来る。唯何となく恥かしいやうに思ふて実際に出版する事は出来ないけれど出版したい心はやま〳〵であつた。（中略）よし今日の標準で厳格に句を選んで見たところで来年になつて其を見たらばどんな厭やな感じがするかも知れん。さう思ふと自分の句集を自分が選んで出すなどゝいふ事は到底出来る事ではない。句集を出す事は一生おやめにしたと此の間まださう思ふてゐたのであつた。〉（正岡子規自序「獺祭書屋俳句帖を出版するに就きて思ひつきたる所をいふ」）。そして虚子は、この子規の句集を引き合いに出し、癖三酔の句集を出す経緯のはじめでこんな風に言う。〈癖三酔の句集が出ることになつたといふ話を聞いた時、予は鳥渡考へた。今迄の俳句界の習慣が、新體詩や和歌や其他の多くの文學とは違つて、生前にさう輕々しく句集といふものを出さぬ事になつて居る獺祭書屋俳句帖抄も、子規の病が餘程重くなつて後に病床の慰籍として作つたといふ位に過ぎぬ（中略）生前に句集を出版するに就ての可否論となれば其處に種々の異つた議論が成立する（中略）癖三酔の為に不利益なことゝ考へたから、余は無遠慮ながらも癖三酔に手紙をやつて句集出版だけは暫く見合したらどふかと云つてやつた〉（高濱虚子「癖三酔句集序」）。虚子の弁は一見、個人句集は故人の追善句集であるべき、という俳諧の旧弊に囚われていたように見える。しかし彼らは、宗匠俳諧を批判し、近代文学としての俳句へ舵を切った作家達であり、本気でそれを墨守するつもりがあろうはずがない。もしかするとこれは、創作者の実感として近代の言う「個人」の概念とはそぐわない創作の空間が形成される結果自覚される自己の矛盾への、素朴な抵抗感あるいはとまどいのあらわれなのではないか。子規の序文にある正直な逡巡は、そのような思いを私にいだかせる。言い換えれば、句の創作の空間は、自他の枠を越えた共同による相互作用が機能するのが常であり、共同を通していわゆる近代的自我の唯一絶対性に揺らぎをもたらす。この明治後期の画期は、それでも／だからこそ、本にまとめて世に出しあうところまで進んだことだ。今や無名に近い、初期個人句集刊行に関わった俳人達、岡本癖三酔、高田蝶衣、中野三允らは、みな虚子のはじめた鍛錬句会（俳諧散心）の、若き仲間だったのである。いま、この時にこそ、句集の近代の海に漕ぎだした彼らの感覚を、我が内で共有してみたいと思うのだ。

本句集に収められた句には、二〇一八年に解散した「鬼」の句会で発表したものが少なくない。復本一郎代表と、共に研鑽を積んだ仲間達に御礼を申し上げる。また、選句にあたっては、信頼する友人、知人たちの助力を得た。厚く御礼申し上げる。そして、阪西敦子氏、鴇田智哉氏より栞文を頂戴できたのは望外の喜びである。鴇田氏には編纂にあたってお力添えをいただいた。彼がいなければこの句集が世に出ることはなかっただろう。そして左右社の筒井菜央氏にも大変お世話になった。併せて御礼を申し上げる。

橋本　直　はしもと・すなお

一九六七年愛媛県生。「豈」同人。現代俳句協会会員。
「楓」（邑久光明園）俳句欄選者。神奈川大学高校生俳句大賞予選選者。
合同句集『水の星』（二〇一一年）、『鬼』（二〇一六）いずれも私家版。
共著『諸注評釈　新芭蕉俳句大成』明治書院（二〇一四）、
『新興俳句アンソロジー　何が新しかったのか』ふらんす堂（二〇一八）他。

符籙（ふろく）

二〇二〇年六月二八日　第一刷発行

著者　橋本直
発行者　小柳学
発行所　株式会社左右社
東京都渋谷区渋谷二－七－六－五〇二
TEL　〇三－三四八六－六五八三
FAX　〇三－三四八六－六五八四
http://www.sayusha.com

装幀　佐野裕哉
企画協力　鴇田智哉
校正　田中槐
印刷・製本　中央精版印刷株式会社

ISBN978-4-86528-281-8